꽃이 진다고 그대를 잊을까

꽃이 진다고 그대를 잊을까

이영례 세 번째 시집

정출판

수런거리는 봄꽃들이 한 계절을
남겨놓고 사라졌다.
오랜 시간 버텨온 힘겨움도
토해낸 단어들로 조금
행복하다고 고백할 수 있겠다
수많은 격정의 소용돌이가 굽이쳐
감정의 골격을 흔들어 놓아도
균열 된 그곳에서도 지탱하는 힘은
내 안에 자리한 글이라는 것이기 때문이다
감사하고, 고맙다
영광이고 다행이다
이 축복됨이 나에게 있음을
또 오래도록 지금까지 같이 손잡아주시며
이끌어 주신 곽문환 교수님께
더 없는 감사를 드립니다.

2022년 6월
이 영 례

차례

1부 그대 있는 곳에

2부 바람이 되어

3부 남한강

4부 사랑이 길을 잃거든

5부 하얀나비

1부
그대 있는 곳에

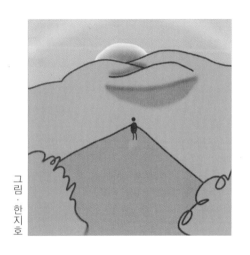

그림 · 한지호

꽃이 지고 필 때마다
그대 있는 곳을 생각합니다
깊은 슬픔 자국이
오래도록 지워지지 않을 것 같아

나의 기도

내 유년의 언덕에서
눈부시던 햇살
바람이 떠돌다 멈추지 못하는
방황의 길목에서
한바탕 소나기를 내리소서
언제나 비어있는
내 순수의 우물에 하나 가득
추억을 고이게 하시고
무수한 나무의 잎으로 피어나
깊은 그늘을 드리우게 하소서
그리하여
푸르도록 아픈
내 삶의 언저리에
따스한 안식의 열매 영글게 하시고
영혼의 빛 밝혀
긴 밤내
기도하게 하소서

기다림 · 1

백일홍 부러지게 피었다
솜구름이 둥둥
그대 기다리다
갈잎 떠는소리
나는 울어버렸어요
그대가 오는 길을
잊었을까 봐.

기다림 · 2

세월의 광택이
희미해져서
빛바랜 문 뒤에서
너를 기다리는
옛길도 좋다

기다림 · 3

가슴이 멍울지다
노을 되겠다.

이 밤

술잔 부딪치는 소리면
그대 문밖에서 서성이나
달그림자 밟으며
사박사박
이 밤
눈길 오솔길도
그대 오시려나
걸어오는 것도 좋겠네

아버지

나뭇잎 가린
바람 속으로
삶의 무게 지고 오신 발자국마다

가늠할 수 없는 세월이 쌓였습니다.
물지게 내려놓고
한숨 돌아앉은
바위 턱에
구 구 구……
산새 울어 댑니다.
굽 닳아진
구두 한 켤레
댓돌 위에
덩그러니
아버지의 세월을 바라봅니다.

소유

봄날의 화려했던 시간이
너에게 있었음에
슬퍼하지 말자

여름날 푸르른 나뭇잎에
쉬어간 새들의 자취가 있었음에
슬퍼하지 말자

가을날
지난 시간을 그리워하며
떨어지는 나뭇잎 소리에 취할 수 있었음에
슬퍼하지 말자

겨울날
하얗게 덮인
눈 내리는 들녘에
굳건하게 서 있는 용서가 있었음에
슬퍼하지 말자

편지

마음 상해 쌓지 말고
잘 견뎌 보거라

여기는 다 잘 있다
지난봄 사다 준
꽃잎 수놓은 이불에 얼굴 묻고 우는 날이면

어디선가 쑥국새 소리 울고
찔레꽃 냄새 향수처럼
네가 보고 싶구나.
어쩌다가…
어쩌다가 그 푸른 바다에 뛰어들어
깊은 물 속에 있는지
짐작은 간다마는
내 어찌 너의 고단함을 다 알까마는
둥근달이 몇 번이 지나고
집 앞 달디단 복숭아가 열리면
행여 너의 목소리 들을까

살아만 있어라
살아만 있어라…

그대 있는 곳에

소리 없이 흔들리는
붓꽃이 유령처럼 무서운 밤이면
그대 있는 곳에도 혹시
꽃들이 피어납니까?

꽃이 지고 필 때마다
그대 있는 곳을 생각합니다.
깊은 슬픔 자국이
오래도록 지워지지 않을 것 같아
하얀 찔레꽃 한 송이
가슴에 담아 놓습니다.

청춘

청춘은
작약꽃 흐드러진 속살만 드러내 놓고
별 부스러기 뒹구는 조명 아래
헛구역질하는 임신부처럼 늘 메스꺼웠지
해진 주머니에 접혀있던 자작시를 꺼내 읽으며
보들레르를 그리워하던 정든 불면도
몽마르뜨 언덕을 홀로 걷다 낯선 카바레 마지막 불빛에
재생되지 않는 가버린 청춘의 시간들에
검버섯 돋아난 가슴을 헤집는
가슴 아린 나의 청춘.

꽃이 진다고 그대를 잊을까

그대를 기다리다가
오늘 하루가
마지막 시간처럼 지나갔습니다.
바람이 불고
어느새 불빛마저 꺼져버린 뒤
나는 그대를 기다리다가
소리 없이 주저앉듯 내리는 첫눈을 맞으며
그대가 있는 곳으로 열차를 탔습니다.
이렇게 첫눈 내리는 강변에서
내가 아직도 그대를 기다리고 있는 것은
나의 운명 속에 그대가 있었기 때문입니다.
언제나 그대는
나의 슬픔보다 더 슬퍼하기 때문입니다.
그 언젠가 겨울산에서
저녁별들의 빛나는 별빛을 보며
우리가 사랑이라 불렀던
바람 부는 첫눈 내리는 강변에서
나는 오늘도
우리가 다시 만나야 할 날들을 생각했습니다.

지난봄 은 흐드러지게 핀 목련이 아프게 지고 말았습니다.
몇 날 며칠 눈비가 내리고
그대와 나는 구름 속에서 헤매며
도도히 흐르는 시간 앞에서
오랜 이별을 해야 했습니다.
눈비가 그친 뒤
강둑 위에서 보랏빛 제비꽃이 고개를 들고
저문 강가에 나란히 누운
죽음이 떠내려오다가
사랑한다. 내 그리움에 걸려 떠나지 못한 채
새벽이 이울도록 목 놓아 보고 싶었습니다.
우리가 어느 별에서 만났기에
이토록 서로 그리워하다가
우리가 어느 별에서 만났기에
이토록 서로 사랑하다가
풀잎 이슬에 젖은 채 헤어지게 되었는지

저문 바다에 홀로 남아
사랑의 모닥불을 지키는 그대를 위하여
나는 오늘도 떠나기 위하여

기도합니다.

어느 곳 그대와 걷던 꽃길에서
저문 약속을 하던 내 사랑과
꽃이 진다고 그대를 잊을까요.

길 위에서

밤 깊은 언덕길을
오래도 걸었네.
쉬어가면 좋을 텐데
추억도 좀 쉬어가면 좋을 텐데

2부

바람이 되어

그림 · 김혜진

자운영 꽃냄새
흩날리는 둑길에
우리 엄마 동백꽃 기름 냄새
바람이 되어

외딴방

하얀 등 너울거리는 봄밤
수묵화 번져가듯 스러져간 생애들이
그렇게 갖고 싶었던 고요의 집 한 채
마지막 온 힘을 다해
너를 사랑한다

사랑한다고 꿈결처럼 되뇌던 봄날의 기억
라일락 향기처럼 추억은 아련한데
바람은 허리를 자르고
건너오는 한 척의 쪽배처럼
그렁한 눈물 빛으로 아프게 손짓하네.

기억

늘어진 기억들이
성근 잎새 사이로
타닥타닥 타들어 가고
맨발의 슬픈 하얀 고무신이
숙청되는 권력처럼
막막하게 늘어서 놓여있는
둔중한 쇠문 철창 사이
희망이라는 가슴 열어놓고
오늘도 눈물로 기도하는 단상의 풍경들
쇠꼬챙이 꿰어진 가슴팍에
서풍의 바람에 감긴 휘파람 소리로
잠깐 위로해보며
긴 그림자 남긴 오후의 지루함도
내일은 또 희망일까

기억(그리움)

사라진 기억을 헤집는 손가락 사이에도
그대의 향기는 남아 있을까
발길 닿는 대로 강둑만 걷자 했는데
여기까지 흘러와 버렸네
강물이 머물러 있는 곳까지
샛강의 기억 저편에선
하얀 찔레꽃이 기적을 기다리고 있겠지
저기 저기 하얀

아침 까마귀 울음 쪼아대는
김 서린 유리창엔
기억에서도 흐릿한
출항을 앞둔 아침 배
당신은 해안선 따라 그 바다로
난 먼바다 휘돌아 외딴 무인도
초점 흐린 능선에 쌓이는 그리움
비듬처럼 흩날리는 기억

그대 잘 가라

혼자서 바라보는 저녁 하늘은
그대가 늘 있어
살가운 날들이었습니다.

바람이 불거나
비가 오는 날이면
적막하게 앉아있는 내 어깨 위에
작은 체온으로 따뜻하던 날들이었습니다.

그대가 있었던
그 자리에
밤도 가장 깊은 시간을 넘어서고
그렇게
한참을 울었습니다
그대를 보내며
울었습니다
그대 잘 가라

봄 소리

가만히 들여다봐
고요한 개여울 소리
들 리잖아
가만히 숨죽여봐
콩닥거리는 그대 숨결도
들리는걸…
가만히 바라다보면
치자 빛 그리움이
뭉게뭉게 피어오는걸
봄이 오나 봐

허기진 마음에

회전목마와 같은
시간을 들여다보면
바람개비 휘휘 날던
유년의 뜰에
싸리꽃 한 무더기
들어와 앉아
보랏빛으로
허기를 채워본다.

내가 바라는 것

나는 너무나 많은 서러움에
목젖이 아파져 왔기 때문에

나는 너무나
자주자주 으스러진 설움의 풍경 앞에
쓸쓸했기 때문에

가을바람에 바스러지는 거미처럼
몸도 정신도 까맣게 타버렸다.
내가 바라는 것은 햇살 좋은 가을 뜰에서
포실한 밥 한술
맘 편히 먹고 싶은 것

마중

그대 어두워서
내게 올 수 없다면
등불 들고
나가 서 있을게요

그대 슬퍼서
가슴 무너지면
꽃으로 쓸어줄게요

하늘은 눈시울이 붉어지고…

그리움

그려…
알았네
달 우는 밤
그대가 그리운 것도

그려…
봄날 꽃잎 떨어진
그 길에
그대
오래도록
서 있던 길목도

그려…
이제 알겠네

바람이 되어

휘이…
갈대 떠는소리에
잠을 깼어요

후우욱…
스쳐 가는 바람 냄새에
눈을 감아봤어요

어느 봄날
자운영 꽃 냄새
흩날리는 둑길에
우리 엄마 동백꽃 기름 냄새
바람이 되어.

길

하얀 신작로
플라타너스
뜨거운 햇살에 반짝이는
푸른 나뭇잎

길
타박타박
걷는 길 위에
뽀얀 그림자 앉는다

개울물 올챙이
아물아물
길 위에 박제되었다

길
소나기 지나간 자리
풋사과 꽃잎 흩날린다.

깨달음

숲은 내가 가는 길을 막지 않는다.
단지 발로만 걷던 길을 마음으로 함께 걸으라고
조용한 오솔길을 낸다.
발로만 걸으니
지금까지 마음속에 혼란이 있지 않았느냐
이제부터는 마음의 오솔길도 열어가라고 격려하자
영혼의 산소가 얼마나 달고 맛있는지
진정으로 깨닫게 되기를
그렇게 거듭나고
그렇게 깨달아져서 비로소 숲을 바라보는
이제
가야 할 길이 제대로 보이기 시작하는
거룩한 숲을 나선다.

그는(그리스도)

아무도 나를 사랑하지 않아
무인도에 버려졌을 때
그는
조용히 나의 창문을 두드리다 돌아간
사람이었습니다.
그는
아무도 나를 위해
기도하지 않을 때
묵묵히 무릎을 꿇고
나를 위해 울며 기도하던
한 사람이었습니다.
내가 사나운 운명의 길가에 서성이다가
쓰러져 넘어졌을 때
그는
가만히 내 곁에 손을 잡아주던 사람이었습니다.
아무도 나의 외로움을 알지 못할 때라도
뿔뿔이 흩어져 촛불을 끄고 돌아가 버렸을 때도
그는
가만히 나를 기다리던 사람이었습니다.
오래전부터 이미 나를 기다린 그는.

3부

남한강

그림 · 한지호

나룻배를 사모하는 남한강 갈대들이

하룻밤에 겨울을 불러들여

싸라기눈이 몰아치고

아무 데도 못 가게 붙들어둔 줄을

나룻배는

저 혼자만 모르고 있습니다

더 이상 잠들 곳은 없다

더 이상 잠들 곳은 없다
눈은 더 이상 내리지 않는다.

잠은 오지 않는다.
잠들 곳이 없기 때문일까
예수의 못 자국은 보이지 않으나
오늘도 예수의 핏자국은
온 전신을 적신다.

하루

물이 깊어야
큰 배가 뜬단다.
얕은 물에는 작은 술잔 하나
띄우지 못한단다.
소용돌이치는 세상살이
하루라는 배 안에서
나는 종이배 하나
가까스로 띄우고 돌아오는 밤길에
저기 술잔 부딪히는
시간의 물살
얼마나 많은 하루의 파도가
소리치며 흘러갔는지
굽이치는 하루의 바다에서

감기

쿨럭거리는 가슴의 통증이
온몸을 뒤흔드는 혼돈이다
정신이란 것이
이리도 쉽게 무너지는 것을
기상 높던 의지도
번뜩이던 기개도
쿨럭거리는
기침 한나절에
내가 없어져 버렸다.

안녕

스러지는 바람결에
그대 발길
스르륵 스르륵

안녕
내미는 손길에
그대 마음속 아련함
스르륵
스르륵

봄밤 · 1

눈송이들은 저마다 기차가 되어
남쪽으로 떠나가고
나는 아무데도 떠날 곳이 없어
나의 기차에서 내려 이곳에 머물렀다.
수런거리는 봄날의 웅성거림에도
떠날 곳이 없어
기어이 이곳에 오랫동안 살아야 할 것 같았다.
목련이 지고
새가 울고
낙엽이 지고
눈이 내리고
다시 봄이 오기까지
그곳에서 떠날 수가 없었던
그 긴 봄밤
돌아갈 곳 없는 저녁녘 골목길 가로등 불빛 아래서
손 비비고 서 있던 긴 봄밤.

봄밤 · 2

꽃잎 휘날리는
여윈 불빛 아래
그대 그리움도 휘적입니다.

꽃비 흩날리는
여울 길에
새파란 물길 따라
그대
그리움도 흘러옵니다.
봄밤
사르락 사르락
타닥이는
꽃잎 떠는소리에
소란한 봄밤입니다.

모퉁이

붓꽃이 쓸쓸한 모퉁이길
조용히 지쳐가는
한나절 햇살

꽃물 든
조그만 화단에
가만히
바람이 흩날리고

모퉁이
작은 길목에
해가 기울고
오늘과
작별 인사를 합니다.

휴식

오래된 기억에서
서성이다가

흩날리는 진눈깨비가
아프게 내려앉는 저녁

길을 나서본다
얼굴을 스치는
차가운 바람에도
옷깃을 여미는
겨울바람이
아프고 낯설다.

마른 나뭇잎 가지
툭 꺾어
너에게로 보내는
나른한 외로움

남한강

얼어붙은 강 한가운데
나룻배 한 척 떠 있습니다.

첫얼음이 얼기 전에 어디론가 멀리 가고파서
내 딴에는 먼바다를 생각하다가
나룻배를 사모하는 남한강 갈대들이
하룻밤에 겨울을 불러들여
싸라기눈이 몰아치고
아무 데도 못 가게 붙들어둔 줄을
나룻배는
저 혼자만 모르고 있습니다.

겨울밤

눈 내리는 거리
미안하다
누구에겐가 미안하다
부서지듯 저 내리는 눈이
미안하다
후 우
입김이 서린 겨울밤도 미안하다
여름에 피웠던 꽃은 져서
겨울이 되어 아름다운데
내리치는 것처럼
눈이 내리는 것을
바라보는 것이 미안하다

4부

사랑이 길을 잃거든

그림 · 한지호

꽃잎이 말합니다
그대 손톱에 물들인
발간 손길을
발간 따스함을 기억하라고

여기서 우리는

나뭇잎 떨어진 흙더미 안에서
다시 소생하는 봄이 있다면
날 선 머리칼로 펄럭이는
이 거친 세상 앞에서
눈 시린 무지개 뜨는 찬란한 오후가 있다면

여기서 우리는 무엇이 될까
꽃잎에 누워 출렁이는
그 정결한 웃음 위로
봄비는 다시 내릴 수 있을까
피어나는 꽃들 사이로
부슬부슬 우짖는 꿈은
처연하게 쓰러지는데

보랏빛 자운영 꽃잎 속으로
빗살처럼 내리는 저 별빛
여기서 우리는
무엇이 될까
봄비로 내릴까
하얀 눈 송 이로 떨어질까

엄마에게

엄마…
김 월끼 여사님!
애써 부르지 않아도
엄마 분 향기가 향긋했던
젊은 날 엄마가 생각나요
오늘은 어머니께가 아닌 엄마에게로 편지를 써봅니다.
늦은 가을
미제실 참깨 털고
달빛 아래 굽어진 바우배기 음침한 그 길을
광목 자루 머리에 이고
움막집을 들어서서
깻대 쌓인 부엌 헛간
부지깽이 탁탁 쳐가며
늦가을 저녁 군불 때던 엄마
가을 무 뭉덩 뭉덩 성한 이빨로
시퍼렇게 사나운 세월을 씹던 그 엄마가
이제 엄마 기억에
미제 실도 없고
시양골도 없고
나를 업어주던 고운 포대기도 없나 봐요

엄마⋯
말라 늘어진 가슴덩이에
한스럽게 할퀸 세월의 상처만 있나 봐. 엄마
플라타너스 늘어진 신작로 길에
푸른 지지미 한복에 구슬 백 든 우리 엄마도 기억해봐요
채송화 곱게 핀 뜰 안에서 뜸부기 풍금 소리도
기억해 봐요
엄마⋯

부모

내 너를 낳고
참 좋았다
동지섣달 눈썹달이
초저녁 어스름에 걸려
쌀랑대는 밤바람에
동네 어귀 어슬렁거리는

개 짖는 소리
한적한 겨울밤에
너는 세상을 보았지
동치미 국물 한 사발 들이켜고
핏빛 자국 선연한
옥양목 이불 한 자락 깔고
너는 나를 보았지
세상이 너를 품고
그 세상에서 풍진 삶을 살아낼 때
부모인 나는
너를 세상에 내놓았을 뿐
아무것도 한 게 없구나.
따습게 밥 한 끼 나누지 못하고

따습게 마음 서로 보이지 못하고
너는 그렇게
천륜으로 맺어 있을 뿐
부모여서 미안하다
너에게

용서

헐벗은 내 몸이 뒤안에서 떠는 것은
내 가난의 하늘 위로 떠 오른 별빛만큼은 따뜻하다

내가 용서라고 부르던 것들이
모두 거짓이었으나
북풍이 지나간 새벽 거리를 걸으며
나에게 진리의 때는
이미 늦었으나
새벽이 지나지 않고
또 밤이 올 때
나는 물어보리라
내가 용서라고 말했었나요.

사랑이 길을 잃거든

꽃잎이 말합니다
그대 손톱에 물들인
빨간 손길을
빨간 따스함을 기억하라고.

오월 나무 아래서

하늘을 가린 오월 나뭇가지 끝에서
잠시 머물다가는 바람에
나뭇잎 끝에 팔랑거리는 아름다운 햇살이
축복처럼 우수수 마구 빛나고 있습니다.
그 사이사이로 쏟아지는 햇살은
태초에 약속하신 주님의 말씀처럼
무화과나무 아래 너를 기억하노라는 언약을
잊을 수 없습니다.
주님!
부서진 봄 몇 조각을 붙들고
핏물처럼 떨어진 영산홍을 얼굴에 붉도록 쓰다듬다
주님이 걸어가신 핏자국을 봅니다.
홍매화 가득한 뒤뜰로 주님이 저를 안고 거닐었지요.
지탱할 수 없는 한 오라기 햇살의 먼지에도
주님은 나를 업고 위로하셨지요.

배고픈 채로 어리석은 채로
오월 나무 아래 누워 게으름으로 누워있는
영혼을 바라봅니다.
푸르디푸른 보리밭 산등성이로

주님의 휘파람 소리
휘 휘 거리며 축복하는데
봄날의 꽃비는
은총처럼 지천으로 내려 부서지는데
어찌 마음에 경련이 오는지요.
살 마디마디 전율이 되어
드러난 허공의 늑골처럼 붉은 카네이션 한 송이
그대에게 바칩니다.

상실 수업

고통을 중심으로 천천히
시간이 흘러가고
배반에 익숙하다 해서 배반이 아프지 않은 것이 아니듯이
자주 넘어지는 사람이 또 넘어졌다고
일어나는 것이 쉬운 일이 아니듯이
뭉뚝한 두 손 외에는 아무것도 할 수 없는
그 모든 시간들은
불과 얼음을 거쳐 온 치유의 시간이었음을
내 안에서 퍼붓는 비를 맞으며
내 안에서 자라고 있는 청보리를 안으며
깃 가장자리가 닳은
철새의 날갯짓을 기다렸다.

다시는 헤어지지 말자

어설피 숨은 저녁해의 긴 그림자를 이끌고
눈 내리는 갈보리 언덕을 넘어간다
언제나 너는 오지 않고
눈물도 없는 강가에 서면
진리에 굶주린 인간들이 빈 소주병을 들고 서 있는
낡은 거리에도 종소리처럼 나뭇잎은 떨어지고
그동안 나를 지켜낸 것은
사랑이었노라고
차가운 땅에서 다시는 헤어지지 말자

길가에 핀 작은 꽃잎처럼

미안하다
너무 작은 꽃잎이어서
미안하다
너무 작은 잎새에 너를 떨구어 두고
나는
너를
바라만 보는
미안하다
너무 작은 꽃잎으로
너를 바라보는

이별

기별도 없이
그대 가시려나요
기별도 없이
그대는

달빛 하얗게 창백한 창문에
그대 기별도 없이
가시려나요

잔기침 소리
공명처럼 울려 퍼지는 외딴방
빈 그릇 소리
생채기처럼 아프게 남겨두고
그대
가시려나요.

바람이 불고

바람 부는 날
그대 가슴에도
풍랑 일까 봐
마음 한켠 접혀둔
옛이야기도 잊어버리고

바람 부는
저 들판에
기꺼이 홀로 서서
지금 이 순간을 맞으리라

가을이 왔다

쓰르라미 풀벌레 문틈 사이
귀 젖도록 울어대는

여름날 늘어진
후미진 가슴 여미고

단단히 맘먹고 맞아야 한다.

이 쓸쓸함을
이 혹독한 시간을
맞아야 한다.

5부
하얀 나비

그림 · 김혜진

몽실거리다 멈칫 돌아선 봄 길에
첫눈처럼 하얗게
나풀거리다가

슬픔

내 안의 격렬한 온도를
수천 번 뒤흔들리는
격정의 소용돌이
바람에 쌓이는
밥통의 가난한 연대기가
어쩌면 송진처럼
진물같이 흘러내린다.

내가 닿을 수 없을 것만 같던 세월
그 시공의 음역 속에 내가 서 있는데
내 안에 뜨겁게 울먹이는
이 슬픔은 뭔가
별을 바라다보던 작은 창이
이렇게 커졌음에도.

미련

동백꽃 꽃잎 빗물을 따라
아련하게 흐른다

낡은 연필로 이별 신고서를 쓰던 때가
언제이던가
헤어지느니 차라리 그대 곁에 남아
무덤이 되고 싶던 날들은 가고
다시 비안개가 몰려온다
안갯속에서
비바람이 낙엽을 끌고
어디론가 흘러간다
동백꽃 그림자가 여울져
남아있다.

나무를 보라

머리를 풀고
하늘을 뒤흔드는
저 한 그루 나무를 보라

스스로 폭풍이 되어
폭풍 속을 날고 있는
저 한 마리 새를 보라

은사시나무잎 사이로
폭풍이 휘몰아치는 밤이
깊어갈지라도
그 들녘에 한 송이 꽃이 되기를
기다리는 한 그루 나무를 보라.

자백

오늘은 한 사람을 죽였습니다.
자아를 죽이고
사랑을 죽이고
배려를 죽이고
용서를 죽이고

산다는 게
생각할수록
슬픈 일이어서
깊은 밤 잠들지 못하고

목쉰 소리로 노래를 부릅니다
쓸쓸한 노래를 부릅니다.

첫눈

첫눈이 오는 것은
격동이 일듯
흔들리는 눈꽃이 되는 것

첫눈이 오는 것은
사랑을 그리다 죽어간
쓰라리게 아픈 눈꽃이 되는 것

첫눈이 오는 것은
아프게 흔들리며
나에게로
그대가 오는 것
흔들리며 하얗게 오는 것.

지나간 일

지나간 일이라고
잊어야 한다고
가슴 한구석
쓰린 기억 속에
나를 묻고
까마귀가 날던 날
낙엽 진 마당 귀퉁이에
네 편지 묻고
돌아서 울던 날
지나간 일이라고
애써 마음 다독이던 날
그래도 너는 살고 있잖아

살얼음

인생에도
이렇게 살얼음이 얼 때가 있지
봄 여름 가을 겨울
늘 한결같던 햇살과 바람이
어느 날
거센 폭풍우가 되어
인생이란 것을 얼어붙게 하는
혹한이 올 때가 있지
곧 봄이 오겠지
꽃도 피겠지
그러겠지

삶

삶이 녹차 빛 같은
그런 이쁜 삶이었으면 좋겠다
세상에 휘둘렸어도
예쁜 동글동글한 조약돌이었음 좋겠다
많은 상처에 치인
아픈 자국이 많아도
그 상처를 싸매고
치유할 수 있는
여백의 바람이었음 좋겠다
그런
바람이었으면 좋겠다.

피안

내가 사는 지붕 위로
흘러가는 구름송이에
나는 취하지 않으련다.
사랑이야 말할 수 없이
애처로운 것이지만
내가 참으로 부끄러운 것은
내 그림자가 너무 어둡고 크다는 것이다
수치와 고민의 순간을
보이느니
너에게 들키느니
나는 내가 사는 지붕 위로
숨어 울겠다.

떠나는 길

마지막 술잔에 입 맞추고
배꽃 떨어진
하얀 길에
그대 잘 가요
강물 일렁이는
강가에서
따습게 손잡던
그 따뜻함도
그대 잘 가요

기억

잊어버리세요

배꽃 피던 언덕길
모퉁이 돌아
내 어깨 감싸던
따스한 숨결

보랏빛 자운영꽃 사이로
여울진 바람이 불어오던
아련한 그리움을

싸리꽃이 하얗게 피던
산등성이에
바람에 날리던
그대 그리움도
잊어버리세요.

순리

초록이 넘실거리는
산등성이 너머
지나간 봄 한 자락 남아있습니다

격정의 한 시절
가야 할 때를 알고
지고 피는 순리 앞에서
참으로 부끄러운 지금을 바라봅니다.

사랑한다는 것은
모든 것을 용서하고
저리 푸르게 다시 피어나는 것을
우리는 아직 알지 못하는 것일까요

또
한 계절과 이별할 시간입니다.

하얀 나비

몽실거리다 멈칫 돌아선 봄 길에
첫눈처럼 하얗게
나풀거리다가

꽃눈 열린 작은 잎새
작은 몸짓으로
나폴 거리다가

시든 달맞이꽃
달빛 아래
나풀거리다가

처음 약속처럼
굳게 다짐한 마음으로
나풀거리다가

우리는 잃어버린
세월 마디를 풀며
조용히 이별을 준비하고 있는 것을요…

시 해설

삶 그 깊은 곳에 사랑의 노래가

- 꽃이 진다고 그대를 잊을까

곽 문 환(시인, 전 펜문학 주간)

1997년 조선문학으로 등단한 이영례 시인의 세 번째 시집이다.

두 번째 시집《돌아오지 않는 것들을 위하여》에서 필자는 시의 숱한 사연을 줄줄이 풀어 놓으면 고백과 독백을 듣는 듯 착각에 빠지게 된다. 한풀이 시속에 노출되었을 때 독자로 하여금 공감을 주지 못하면 매너리즘에 빠지기 쉽다고 한 적이 있다.

시집《꽃이 진다고 그대를 잊을까》이 시인은 이 시대에 소박하고 평범 속에서 갈망과 외로움을 야성의 꽃으로 심장이 펄펄 끓고 뛰는 야생마처럼 현실을 휘돌아 가는 모습이 아름답고 생기 넘치는 황홀한 모습으로 비쳤다. 이 황홀한 모습뿐만 아니라 씨의 시에서도 절정과 아픔들이 존재적 갈등으로 새로운 시의 세계에 변신을 일으키고 있다.

그리하여 꽃이 진다는 미학적인 아름다움뿐만 아니라

새로움의 변신을 꾀할 수 있는 불안함이 내포되어있는 듯 어쩌면 이 시대 이후 시인들이 서정적인 안정감 속에 소리 없이 사라지는 연약함이 아니라 진취적이고 역동적인 시의 모습에서 생동감이 넘친다.

근본적인 행동의 언어 속에 존재적 언어의 고백처럼 존재의 인식이야말로 가장 시적인 에스프리라고 할 수 있다.
진지하게 영혼 깊이에서 우러나오는 주관적 존재, 객관적 존재, 관념의 존재 등 존재를 인식할 수 있는 주체는 오직 시인뿐이다.
자신의 존재에 대한 성찰로부터 구도자의 고행처럼 겸허함이 있기에 연민의 정을 느끼게 한다.

십여 년 만에 맞본 이 시인의 시 속에 새로움과 생동감 넘치는 존재란 여과를 통하여 언어의 변화가 전혀 낯선 변신으로 다가와 새로운 사랑의 분노 조절 행위를 일으킬 만큼 역동적인 결합과 선택으로 이 시인은 시적 집을 짓는 것이 아닐까 싶다.
단순한 언어로만 조립하는 것이 아니라, 온 마음과 정신을 휘돌려 고뇌를 연소시켜 재생된 자기 모습을 변신하는 새로움으로 재탄생하려는 신비로운 자기 모습을 육화, 물화의 독자적인 존재로 생산하려는 듯하다
시를 보자

오늘 하루가

마지막 시간처럼

바람이 불고

어느새 불빛마저 꺼져버린 뒤

나는 그대를 기다리다가

소리 없이 주저앉듯 내리는 첫눈을 맞으며

그대가 있는 곳으로 열차를 탔습니다

이렇게 첫눈 내리는 강변에서

내가 아직도 그대를 기다리고 있는 것은

나의 운명 속에 그대가 있었기 때문입니다

언제나 그대는

나의 슬픔보다 더 슬퍼하기 때문입니다

그 언젠가 겨울 산에서

저녁 별들이 빛나는 별빛을 보며

우리가 사랑이라 불렀던

바람 부는 첫눈 내리는 강변에서

나는 오늘도

우리가 다시 만나야 할 날들을 생각했습니다

지난 봄은 흐드러지게 핀 목련이 아프게 지고 말았습니다

몇 날 며칠 눈비가 내리고

그대와 나는 먹구름 속에서 헤매며

도도히 흐르는 시간 앞에서

오랜 이별을 해야 했습니다

눈·비가 그친 뒤
강둑 위에서 보랏빛 제비꽃이 고개를 들고
저문 강가에 나란히 누운
죽음이 떠내려오다가
사랑한다, 내 그리움에 걸려 떠나지 못한 채
새벽이 이울도록 목놓아
우리가 어느 별에서 만났기에
이토록 서로 사랑하다가
풀잎 이슬에 젖은 채 헤어지게 되었는지

저문 바다에 홀로 남아
사랑의 모닥불을 지키는 그대를 위하여
나는 오늘도 떠나기 위하여
기도합니다

어느 곳 그대와 걷던 꽃길에서
저문 약속을 하던 내 사랑과
꽃이 진다고 그대를 잊을까요.

<　꽃이 진다고 그대를 잊을까　> 전문

시인은 요란스럽고 인위적이지 않고 흐르듯 자연스럽
다.
극히 인간적이다. 아름답게 삶에 진정 애착을 갖는 순수
무궁무진한 여인의 노래다. 그들만의 소박하고 일상적인

사랑의 시이다. 사랑하는 모든 이에게 격렬하고 진실한 모습 속에 잔잔한 물이 흐르듯 흐르고 참된 사랑 앞에 그 자체가 지니고 있는 맑고 순진한 서정성과 이 시인이 추구하려는 감동과 허무의 불꽃들이 비추는 투명성이 "꽃이 진다고 그대를 잊을까" 하는 허무의 몽상적이 이영례 시인의 사랑학이 아닐까 싶다.

　이 시인의 시집 속에 60여 편의 시들이 모두 인간과 인간적인 언어로 아픔과 고통을 처절하게 표현하고 시인 자신조차도 감당키 어려운 현실부터 도피처가 아니라 도피처와 맞서는 다른 모습이 내재해 있다.
　필자는 시에 있어 새로움이라든지 생생함이라든지 시인이 묘사하려는 대상이 말하려는 사물의 본질 그 사물 자체가 가지고 있는 서정성이 시적 대상을 깨뜨리는 통념이 흡수되어 버리면 안 된다. 다시 시로 돌아가야 한다.

　　내 유년의 언덕에서
　　눈부시던 햇살
　　바람이 떠돌다 멈추지 못하는
　　방황의 길목에
　　한바탕 소나기를 내리소서
　　순수의 우물에 하나 가득
　　추억을 고이게 하시고
　　무수한 나뭇잎으로 피어나

깊은 그늘을 드리우게 하소서

그리하여

푸르도록 아픈

삶의 언저리에

따뜻한 안식의 열매 영글게 하시고

영혼의 빛 밝혀

긴 밤 내내

기도하게 하소서.

〈나의 기도〉 전문

정말 시인의 모습은 무엇일까? 그리고 나의 실체를 둘러싸고 있는 현실에 끊임없이 도전하고 밀려오는 현실의 실체는 무엇일까? 영혼을 가진 인간이라면 그 누구도 근본적인 문제에 관심을 갖기 마련이다.

이 시인은 앞에 닥쳐온 삶의 언저리에서 한바탕 소나기라도 내려 쓸어 가버리는 긴 밤 내내 기도하는 삶이란 무엇인가 물음에 해답 얻기를 바란다.

필자는 이영례 시인에게 당부하고 싶다.

하나의 예술 작품은 토마스 아퀴나스가 말한 것처럼 아름다운 것은 그것을 이해하는데 기쁨을 주는 어떤 것이라고 말한 것처럼

온전한 의미에서 평가할 만한 대상이 서로 맞물려 있지 않은 한 아름다움의 가치란 다만 잠재세력으로서 상대주

의나 객관적 요인들이 강조하는 일면이나 좋은 작품으로 아름다움과 독창성이 내재 되어 있는 형식적 통합 속에 기억할 만한 경험이 표현성과 깊이가 서로 어울려야 할 때 시가 행복해지는 것이 아닐까.

이런 점에서 이영례 시인은 아름다움을 흔들어 독창적 경험 속에 현실을 변주해 내는 시의 역동적인 힘을 부여하면 어떨까 싶다.
그리고 힘차게 현실을 반추해 내려는 처절한 자기 성찰의 모습에 필자는 박수를 보낸다.

이영례 세 번째 시집
꽃이 진다고 그대를 잊을까

인쇄 2022년 6월 20일
발행 2022년 6월 30일

저 자 이영례
발행인 노용제
발행처 정은출판

주 소 04558 서울시 중구 창경궁로 1가 29
전 화 02-2272-8807
팩 스 02-2277-1350
전자우편 rossjw@hanmail.net
출판등록 제301-2011-008호 2004년 10월 27
홈페이지 www.je-books.com

ISBN 978-89-5824-457-8 (03810)
값 11,000원